桂图登字：20-2021-002

图书在版编目（CIP）数据

分类游戏 /（日）森毅著；（日）村井宗二绘；周龙梅译．— 南宁：接力出版社，2023.4
（大科学之友经典科普书）
ISBN 978-7-5448-8108-1

Ⅰ．①分…　Ⅱ．①森…②村…③周…　Ⅲ．①儿童故事－图画故事－日本－现代　Ⅳ．① I313.85

中国国家版本馆 CIP 数据核字（2023）第 042902 号

责任编辑：陈潇潇　　美术编辑：卢　强
责任校对：王　蒙　　责任监印：刘宝琪　　版权联络：闫安琪
社长：黄　俭　　总编辑：白　冰
出版发行：接力出版社　社址：广西南宁市园湖南路9号　邮编：530022
电话：010-65546561（发行部）　传真：010-65545210（发行部）
http://www.jielibj.com　E-mail:jieli@jielibook.com
经销：新华书店　印制：北京博海升彩色印刷有限公司
开本：787毫米 × 1092毫米　1/16　印张：2.75　字数：30千字
版次：2023年4月第1版　印次：2023年4月第1次印刷
印数：00 001—10 000册　定价：35.00元

大科学之友
经典科普书

分类游戏

FENLEI YOUXI

[日]森毅 著 [日]村井宗二 绘
周龙梅 译

接力出版社
Publishing House

乌鸦喜欢收集东西。人类也喜欢收集东西。

人类将各种各样的东西收集起来之后，还会将它们进行分类。

打火机里的打火石

螺丝钉

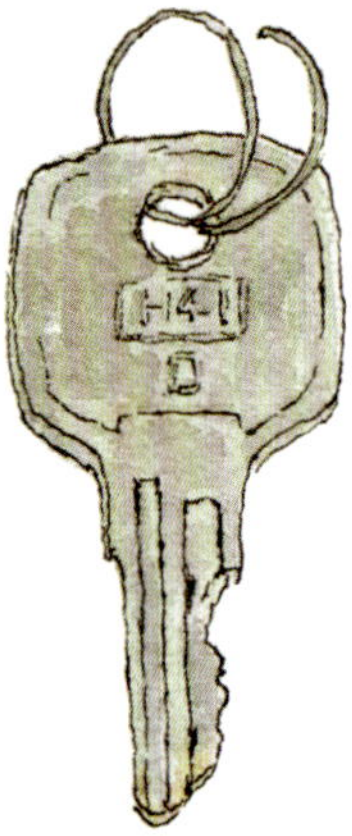

捡来的钥匙

买糖果的赠品

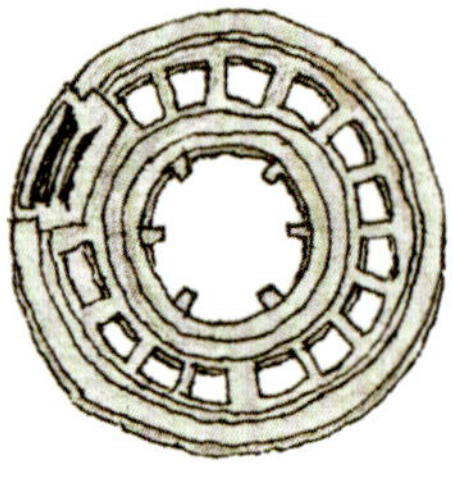

磁带的卷盘

钉子

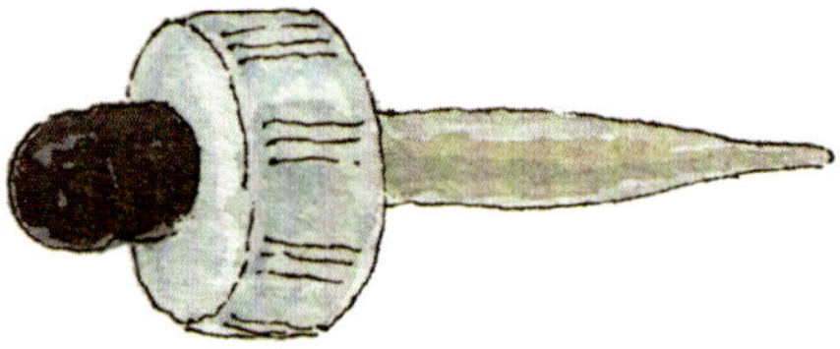

彩色墨水的移液管

装饰食物用的塑料花

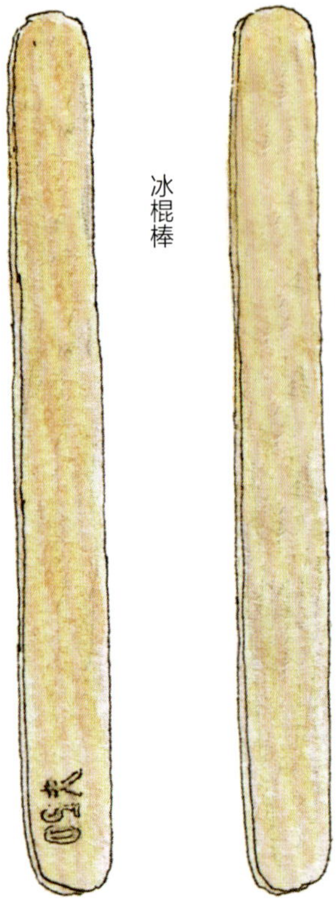

冰棍棒

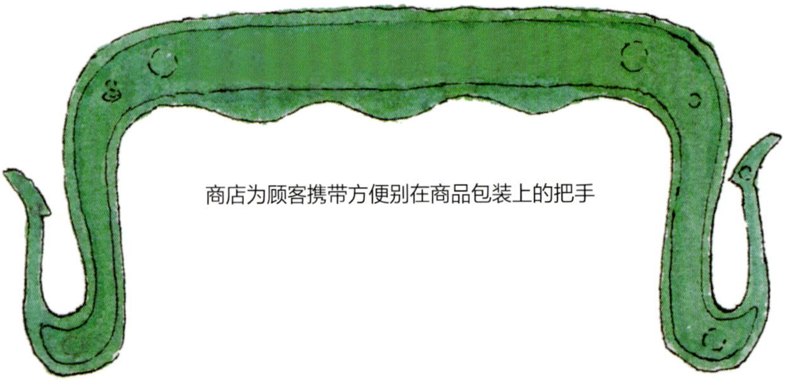

商店为顾客携带方便别在商品包装上的把手

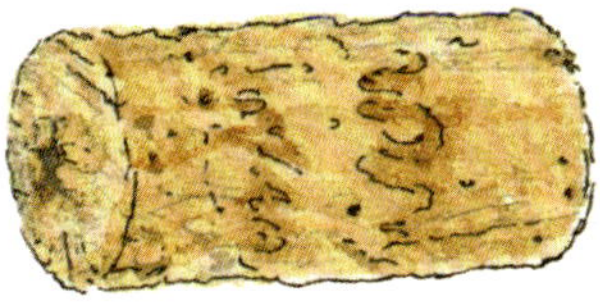
软木塞

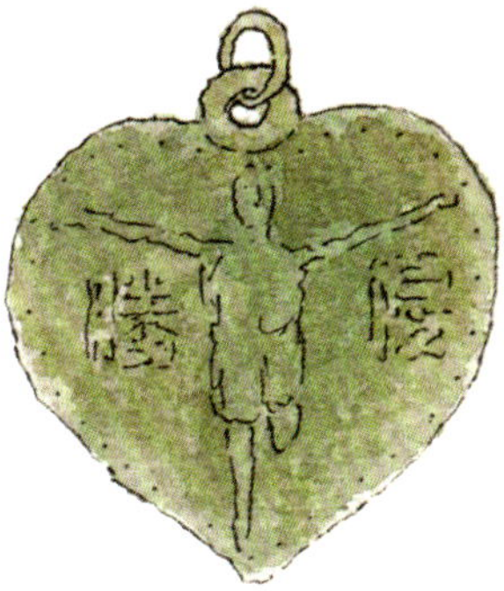
买糖果的赠品

牙签

用完了的圆珠笔芯

小鱼形状的酱油瓶

牛奶瓶的盖子

长柄水勺（也有可能是扳手）

陀螺

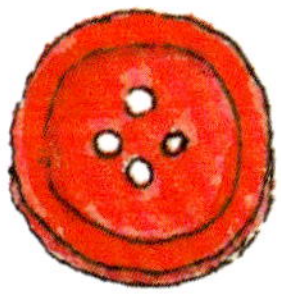
扣子

胶卷的芯轴

儿童餐的小旗子

铅笔

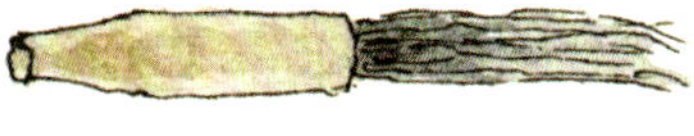
从笔杆脱落的毛笔头

拆卸笔头的工具

所谓分类就是将各种各样的东西，根据某种特征，分成各个群组。每个群组都要有名字。

这里有各种各样的形状。

该怎么给它们分类呢？

这里的形状，如果从某个巧妙的角度来看，都是有规律的。所以，只要能找到这个角度，找出规律，就可以分类。

这个图形，
上下对称。

左右也对称。

① 上下对折起来看看。

透过纸看看会发现，折线两边的图案能够重合在一起。

② 左右对折起来看看。

这回图案也能重合在一起。

③ 斜着折起来看看。

这回不能重合。

这个图形在折起来后，折线两边的图案，能够重合在一起的，只有①和②两种折法。

我们按一个图形折起来后折线两边图案完全重合的折法有多少种进行分类。
第 6 页的图形有两种折法，把它分类为群组 2。
只有一种折法的图形，分类为群组 1。
有三种折法的图形，分类为群组 3。

图形两边完全重合时的折线叫对称轴。
群组 2 里都是有两条对称轴的图形。

这个形状有 6 种折法……

群组 6

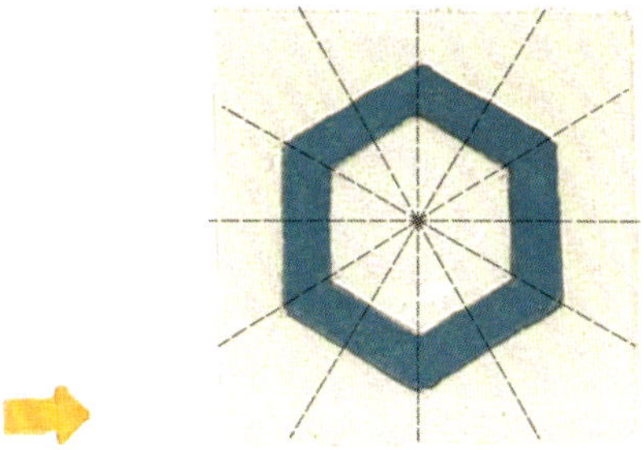

这种图形有 12 种折法……

群组 12

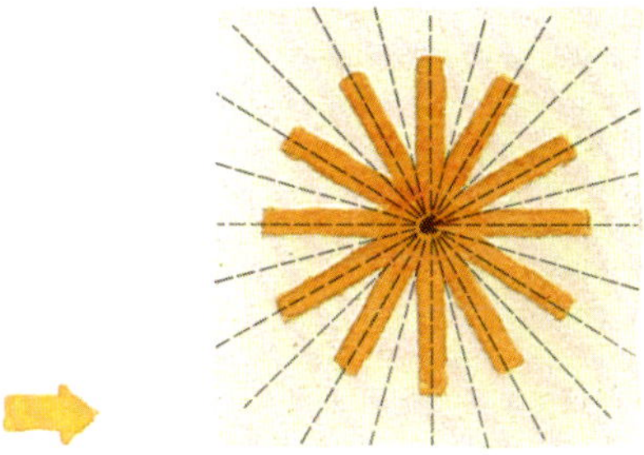

把第 4—5 页的图形分完类之后，可翻到下一页。

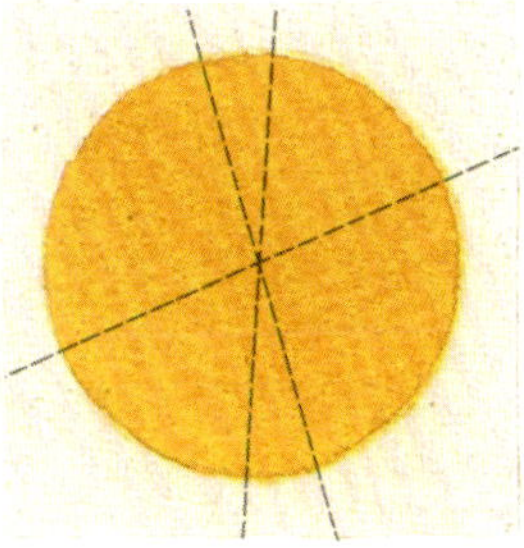

这个圆形，只要以过圆心的直线为轴折叠，就可以重合。折法无限多。所以，把它分类为群组∞。

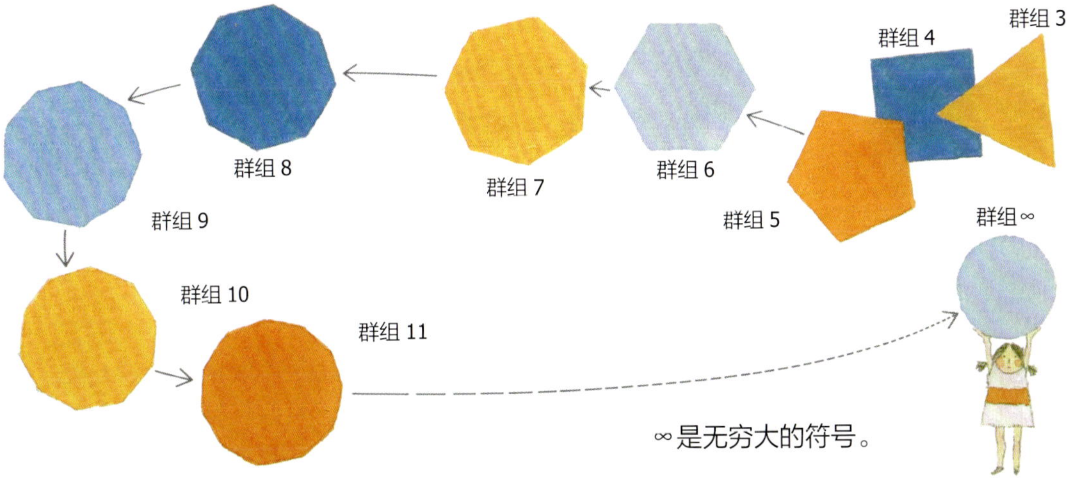

∞是无穷大的符号。

群组 1
1 条对称轴

群组 2
2 条对称轴

群组 3
3 条对称轴

群组 4
4 条对称轴

群组 5
5 条对称轴

群组 6
6 条对称轴

群组 12
12 条对称轴

群组∞
无数条对称轴

人类从还没有掌握文字的远古时代开始，就描绘出了各种各样的图形，并用它们玩分类的游戏。

后来，人们渐渐明白了这些图形所具有的规律，于是形成了有关图形的科学（几何学），并明确了分类的方法。这样一来，只要研究一下图形具有哪些规律，就可以迅速将它进行分类了。

你有没有发现，前面的分类游戏里漏掉了这个图形？它像一个换气扇的叶片。

为什么会漏掉它呢？因为它无论怎么折叠，折线两边的图案都无法重合。

上下对折……

会变成这样。有的线可以吻合，但图案无法重合。

左右对折……

也是同样的结果。

斜着折……

也不行！

做了各种尝试，都不成功。

（图 1）

（图 2）

你如果仔细找找，就会发现第 8—9 页的群组 4 里同样也夹杂着一个这样的图形（图 1）。

像图 1 这样有个翘起来的地方干扰，折叠后图案就无法重合了。如果是图 2，就没有问题。把图 1 放进群组 4 是错误的，我们来建立一个新的群组吧。

将图 1 旋转 90°后，就可以与原来的图形重合。所以，也有将图形按旋转多少角度后与原来的图形相重合，来建立群组的分类方法。

群组 0

没有对称轴。

折叠后图案无法重合。

一边玩一边分类，不久便会形成分类的学问，产生分类的规范，从而应用这些规范来明确分类。就这样，转来转去，人类发展了分类法。

也就是说，人类把身边乱糟糟的东西，有的实际收集起来，有的在脑子里集中起来，不断将这些东西分门别类，从中增长了智慧。人类的学问与文化，就是这样积累出来的。

不仅优秀的科学家会在分类的过程中形成文化，当小朋友们将自己的宝物放进书桌的抽屉里时，也一样会进行分类，那便是儿童的文化。说不定从那里会产生新的学问。

如果从算术的角度来看，数比图形更重要。像 1、2、3 这样的正整数虽然无限多，但按是否能被 2 整除来分类，你就可以把所有的正整数分成奇数和偶数两组。

如果想分成三组，就不用 2，而是用 3 来除。这样可以分成除完余数为 0、余数为 1、余数为 2 三组。

日	一	二	三	四	五	六
		1	2	3	4	5
6	7	8	9	10	11	12
13	14	15	16	17	18	19
20	21	22	23	24	25	26
27	28	29	30	31		

在日历上，每个日期用 7 来除。7 个 1 组的数字，很有规律地排列着。按照上面的日历来看，星期二属于“余数为 1”组，星期三属于“余数为 2”组……如果用 5 来除，就成为一星期只有五天的日历。

		1	2	3
4	5	6	7	8
9	10	11	12	13
14	15	16	17	18
19	20	21	22	23
24	25	26	27	28
29	30	31		

好多河童啊。虽然可以按颜色将它们分类，但仔细观察会发现，每个河童的脸都不一样。

按脸来将它们分分类吧。

有的河童脸很像猴子。

让这样的河童集中在一起，建一个“猴子组”。

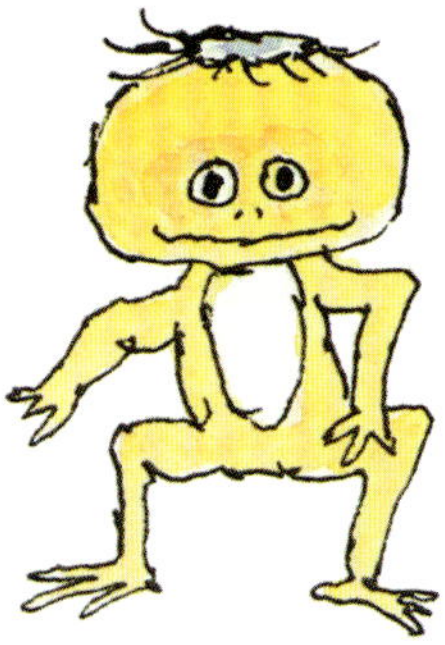

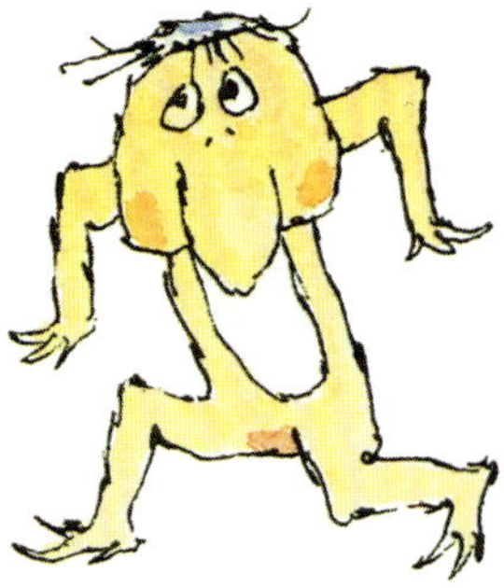

在还没有掌握规律的时候，只能凭借外观大致分类。

“如果分成两个组的话……”一边这么思考着，一边全面观察吧。如果有可以成为群组代表的河童，就给它起一个有特点的名字。

这样，在它周围会有很多类似的河童集中过来，群组自然而然就形成了。人类就是这样逐步掌握规律的。

有的河童脸很像乌龟。

集合！乌龟组！

如果有很多河童难以归入任何一组，你可以把它们放在一起，新建一个组。

给这个群组也起一个名字吧。

从还没有生物学的古代开始，人们就习惯于观察各种生物，并将它们分成了动物和植物两个群组。生物学这门学科是在那之后才形成的。

在现在的生物学中，除了动物和植物这两组之外，还将细菌、病毒、真菌等汇总起来建立了其他组。

剩下很多哪组
都进不去的河童。

在哪组都进不去的河童里面，有很像狸猫的。

来建一个“狸猫组”吧。

哎，有的从猴子组和乌龟组过来了。

还在犹豫的河童小弟，

希望你们能当机立断。

这样就分类完毕了！

街上有各种各样的人，男人、女人，忙忙碌碌的人、悠闲自在的人。分类的方法有很多种，按照人们脸的朝向来分类看看吧。

将画里的人分类时，如果只是用脑子想一想，很快就会记混。

如果用画笔做记号，又不方便更改。

如果找两种或三种颜色的彩纸，将它们剪成合适的大小，摆放在画里的人上面，这样就很容易把人区分开。

分类的时候，如果过分在意细节，分类结果会显得杂乱无章。这样一来，分类就失去意义了。即使有些勉强，也还是尽量减少群组的数量，最好只建两三个。这样，可以清楚分辨不同群组的特征。之后，把一个群组再拆分成几个都可以。

观察角度和想法改变了，分类的方法自然也会改变。

问路的时候，你会问哪个人？

在脑子里想着“亲切的人群组”，然后在这个群组里再找看上去像当地人的那些人。找最不想问的那些人也无妨。

7
相机
浜桥电

正在工作的人、正在休假的人、本来就没有工作的人……也可以这么分类。按这种方式分类，群组里的人在一段时间后会发生变化。

128
ABC
FUKU
7

开始下雨了。人的动作也会变化，有准备充足的人和没有准备的人，没有准备的人中间也有淋湿了也满不在乎的人和手忙脚乱的人……

7

当然，也可以按照人们衣着的颜色来分类。颜色也是各种各样的。虽然大科学家牛顿把彩虹分成了 7 种颜色，但彩虹看上去也很像是有 5 种颜色。可能是牛顿喜欢数字 7 吧。

据说在非洲，有一个部落与牛生活在一起，能以颜色来分辨牛的品种好坏。他们从小就玩分类游戏，按颜色给小石头分类。这个分类的方法与根据颜色给牛分类是相同的。

大惊奇群岛绘图

正在大惊奇群岛旅行的爷爷的来信

你在学校的生活开心吗？我在这座岛上遇到了地球上目前不为人所知的奇怪动物们，爷爷以前掌握的生物学知识完全混乱了。这座无人岛被发现以后，来到岛上的科学家们都在拼命尝试着给新的生物分类。但他们才刚刚完成对新动物的命名。

回去再给你讲旅行见闻。

给爷爷的回信

谢谢您的来信。信封上贴的邮票印着我没见过的神奇动物，让我大吃一惊。我要把邮票积攒起来给朋友看，给他们一个惊喜，所以，请多多给我寄些贴着神奇动物邮票的信吧。另外，如果您知道这些动物的名字的话，也请告诉我好吗？还有，如果有对给邮票分类有用的说明书之类的东西，也请寄给我。

祝您身体健康。

过去的“动物分类图”

大惊奇群岛联邦政府科学研究所刊物《大惊奇群岛的生物》摘编

植物学家们在这群岛上，发现了许多颠覆以往生物学知识的神奇动物。原以为是野兽，但却又像是鱼，既有体长超过 3 米的巨大昆虫，也有体长只有 1 厘米左右的小鸟。由生物学家来完成这些动物的分类，估计还需要相当长的时间。

尽管如此，好奇的游客仍然会从世界各地来到岛上，目的就是想把我们联邦发行的动物邮票贴在信封上寄出。因此，往往邮票的印刷比生物学研究更受重视，邮局比科学研究所更受重视……

大惊奇群岛的动物邮票

大惊奇群岛联邦政府
以及各岛自治政府

凡是标有 Phoenix、Anka、Roc 这些字样的邮票，分别为凤凰岛、安卡岛和洛克岛自治政府发行。无岛名的邮票为大惊奇群岛联邦政府发行。注意，这些邮票只能在从大惊奇群岛寄信时使用。
邮票上的数字为邮票的价格，单位为玛卡。

大网蜘蛛

体长达 10 米。整体看上去犹如一张巨大的蜘蛛网，其实是用足尖上的毛刺，栖息在大树上。

蚊香虫

生活在灌木丛里，为防备天敌豹脚蚊的袭击，将长尾巴卷起来，蜷缩身体，散发出蚊子讨厌的气味。

轻轻蜻蜓

有 3 对翅膀。飞翔时产生的声音如音乐奏鸣。

海马鸟

看起来像是海马的亲戚。从栖息在陆地，可用翅膀飞翔这一点来看，基本上又属于鸟类。

龙凤蝶

翅膀长达 3 米。靠近者会被其扇出的风吹跑。

海带虫

在深海海底浮游。像海带似的东西，其实是它的胡须。

飞鱼龙

看似美丽的飞鱼，其实更接近小型爬行动物。体长 30 厘米。在夕阳映红的海面上飞翔时，十分壮观。

骷髅蜥蜴

不仅是尾巴，即使全身的肉都没有了，也可以继续生存，具有惊人的生命力。

奥特公

故事里的美人鱼为什么都是雌性？在洛克岛附近的海域发现了雄性美人鱼。这是一个总是在水中吼叫的可怜种族。

进化兽

是变成野兽，变成鱼类，还是变成鸟类？一生都在犹豫和徘徊中度过。

一角鸟

在寻找传说中的一角兽时发现了它。也许是在人类找到它之前就变成了鸟。

爱丽丝兔

偶尔身体的轮廓会变得模糊不清，只剩下两只观察事物的眼睛，因此也被称为哲学家兔。

5
AIR MAIL
WONDER ISLANDS
ROC POSTAGE
6d WONDER ISLANDS 6d
8
W.Is
8
ANKA POSTAGE
WONDER ISLANDS
30
ANKA POSTAGE
ANKA POSTAGE
WONDER ISLANDS 4
W.Is
AIR MAIL
13
ROC·ANKA·PHOENIX POSTAGE
1 W.Is 1
6¼
W.Is
PHOENIX POSTAGE
PHOENIX POSTAGE 5
WONDER ISLANDS
3.00
WONDER ISLANDS AIRMAIL
W.Is
PHOENIX POSTAGE
50
WONDER ISLANDS
ANKA POSTAGE
4
40
ANKA POSTAGE
WONDER ISLANDS
PHOENIX POSTAGE
WONDER ISLANDS
40
5
WONDER ISLANDS

旗鲤鱼

没有鲤鱼旗的时候，可以用这种鱼的鱼干做的灯笼来代替，但价格不菲。体长 10 米。

鸢鹤

在像藤蔓一样的尾巴尖上诞下宝宝。既不是胎生，也不是卵生。

龟龙

龟龙实现了龟像仙鹤一样在天空中飞翔的梦想。不过，它经常起飞失败。

这是啥呀?

不明物种。发现它的生物学家发出了惊叹“这是啥呀？”，这便成了它的名字。

什么都不像

看上去很像某种动物，仔细观察会发现，它什么也不像。但它的的确确是一种动物。

大水蚤

体长约 2 米，是最大的水蚤。由于没有鱼能吃掉这么大的水蚤，所以它们会三三两两悠然地在水上浮游。

哲学牛

它留着小胡子，总是在静静地思考着什么。在岛的中心矗立着它的铜像。

柴郡猫

不知身在哪里，不知从何而来，总是喵喵笑着突然出现。别名爱丽丝猫。

蟹龟蟹

螃蟹！乌龟！不，是螃蟹！生物学家们在激烈争论着，看来近期不会有答案。

海中日

在这群岛上，有时可以看到太阳从海底升起，它就是那轮红日的真实面目。纤毛宛如日冕，辉煌璀璨。直径 7 米。

刺猬鲤鱼

逆瀑布而上的时候，很像鲤鱼跳龙门。身上长满了刺，可用来捕获水中的鱼。

苋蛇

仔细观察摇荡的苋菜丛会发现，这种有 6 只脚的蛇在里面蠕动。据说被它咬了的话，会变得喜欢捉弄人。

鲸蝙蝠

不仅在游动时，在攀岩时或从岩石上向空中跳下时也会使用大大的脚蹼。体长 1 米。

网络动物

正中间的部分发挥着计算机的作用。如果几十只把脚尖连起来形成网状结构，会变得更加聪明。

吹哨鱼

到了满月之夜，会有很多条这样的鱼爬到海里的岩石上开始吹口哨，进行歌唱比赛。

W.I.s
PHOENIX
AIR MAIL
7
4
ANKA POSTAGE
W.I.s
4
ANKA POSTAGE
W.I.s
ROC ISLAND
W.I.s AIR MAIL
1
25
W.I.s ROC POSTAGE
5
W.I.s
ROC POSTAGE
6 POSTAGE 6
WONDER ISLANDS
6 ANKA 6
WONDER ISLANDS
PHOENIX 5 POSTAGE
3
W.I.s
POSTAGE
3 WONDER ISLANDS 3
ANKA POSTAGE
3 3
PHOENIX POSTAGE
25 1/2 WONDER ISLANDS
2 ANKA POSTAGE
WONDER ISLANDS
PHOENIX POSTAGE
10
WONDER ISLANDS
8 ROC POSTAGE 8
WONDER ISLANDS
40 ROC POSTAGE
WONDER ISLANDS
WONDER ISLANDS
ROC POSTAGE
5

帽子松鸦

曾经很流行把这种鸟当作帽架，因此将其定为保护鸟。

花贝

在海底宛如手风琴一样游动。

花贝

原以为是海里的花，但其实是一种贝类。

台灯海蜇

体内发电，可以发光。触摸有危险。

鲵鱼

栖息在火山硫磺泉喷出的热水里，有脚的蛇。传说的火蛇、鲵鱼真实存在。

小不点儿虾

体长 1 毫米。几百万只聚集起来会形成一个巨大的球体，但每一只的的确确都是虾。

虾蜗

超级大蜗牛。外壳高达 3 米。搬动这样的家实在是太辛苦了，所以它很少移动。

雪杉怪

它看起来像一只雪人，但这个岛上并不下雪。他们能在杉树花粉中毫无顾忌地行走。

象鼻锹甲天牛蜂

象鼻虫、锹甲和天牛，汇集了三种虫子名字的贪心蜜蜂。

螺龟

虽然有个螺壳，但却属于龟类。4 只脚走起路来摇摇晃晃，总是在原地打转。

龟海藻

样子像乌龟，但从壳里伸出的手脚却与海藻一模一样。用这些海藻手脚来游动。

宝石虫

被雨水淋湿后，会散发出红色和蓝色的光芒。许多人为了看这种虫子，专程来到岛上。

长颈驯鹿

外表像长颈鹿，却生着一对像驯鹿一样可爱的角。有时寄生植物会在上面长树叶，鸟会在上面筑巢。

蜣螂章鱼

看上去像蜣螂，其实属于软体动物，是一种章鱼。证据是其脚上有很多凸起的吸盘。

蝙蝠蛙

优美的身姿和“呱呱”的怪叫声，让它成为岛上最有人气的动物。

独目星

这里的生物很多都像妖怪，它就是最好的例子。在夜幕降临时，它就像一个幽灵。

森毅

1928 年出生于日本东京，京都大学名誉教授，著有多种与数学及教育相关的著作。以“佐保利流指南 · 森一刀斋”之名为世人所熟知。所著绘本还有《三只小猪》《万物的极限》等。

村井宗二

1931 年出生于日本岛根县。在中小学、市政府任职后，1986 年开始创作图书封面和插画等。插画作品有《世界的谜语……白色谜语》、“初遇计算机科学”系列，以及描绘森林的绘本《森林之声》等。